U0034482

# Walking

亨利・梭羅

**Henry David Thoreau**

章晉唯——譯

CIRCLE 9

# 梭羅散步

原著書名 Walking
原書作者 亨利・梭羅（Henry David Thoreau）
譯　　者 章晉唯
封面設計 玉　堂
主　　編 劉信宏
總 編 輯 林許文二

出　　版 柿子文化事業有限公司
地　　址 11677臺北市羅斯福路五段158號2樓
業務專線 （02）89314903#15
傳　　真 （02）29319207
郵撥帳號 19822651柿子文化事業有限公司
投稿信箱 editor@persimmonbooks.com.tw
服務信箱 service@persimmonbooks.com.tw

業務行政 鄭淑娟、陳顯中

初版一刷 2023年10月
定　　價 新臺幣280元
I S B N 978-626-7198-87-2


歡迎走進柿子文化網 https://persimmonbooks.com.tw
臉書搜尋 60秒看世界

國家圖書館出版品預行編目(CIP)資料

梭羅散步 / 亨利・梭羅（Henry David Thoreau）著 ; 章晉唯
譯. -- 一版. -- 臺北市 : 柿子文化, 2023.10
面 ;　公分. -- (CIRCLE ; 9)
譯自 : Walking

ISBN 978-626-7198-87-2

874.6　　112015602

1861 年 8 月，梭羅在他的第二次也是最後一次攝影會議上。

CONTENTS

我們每一次散步都是一次遠征，
藏在內心的隱士彼得會鼓吹我們踏上旅程，
從異教徒手中奪回聖地。

推薦序

# 成為行者，尋回自由、獨立的靈魂

《梭羅散步》是一本適合放在案邊隨時翻閱細細咀嚼的小書，無論晨起時、午茶間或熄燈入眠之前。

你無須太過理會或拘泥於文中的時代背景與邏輯，每翻開一頁，就能找到值得思索的話語。

作者透過「散步」提醒我們，帶著心處在當下、觀察與專注的歷程就是一趟冒險與遠征，是一趟重新認識自然、洗滌心靈的旅程。

透過「散步」走進荒野，我們得以思索、感受「最野性的，卻是最有生命力的」是何等的境界。

身處在凡事逑而變化的現代社會，「散步」成了奢侈的象徵，甚至早已不在多數人的生命當中。倘若你有幸拾起這本小書，或許就是個成為行者，尋回「自由、獨立」靈魂的契機。

——**江慧儀**／大地旅人樸門設計工作室（Earth Passengers Permaculture Design）創辦人

推薦序

# 萬緣放下，領會真正的自由

美國十九世紀著名作家亨利．大衛．梭羅的散文作品《梭羅散步》，特別適合現代人來閱讀，尤其是在我們這個資訊爆炸、螢幕霸權的時代。我們是否還能看到螢幕以外的東西？是否還能欣賞螢幕以外的景象？感受螢幕以外的情緒？

《梭羅散步》所倡議的是人類得把自己當作大自然的一分子，只是大自然的一部分，而不是以征服者的姿態，傲慢地看待大自然。

當我們走進森林，走入大自然的懷抱，一定要萬緣放下，把所謂的「文明」先寄放，帶著開放的心情去探索大自然，也才能真正去體會大自然的原始和野性，也才能獲得真正的自由。

「散步」這兩個中文字似乎有漫無目的的意涵在內，然而，這篇《梭羅散步》指引我們走進大自然的時候，要提高注意力，用心觀察，才有辦法仔細領受大自然要給我們的探索和冒險。

當我們讀完這篇文章，不妨照著梭羅的方法來試一次，也許會得到前所未有的感受，以及大自然的洗禮。

——林宜蓉／慈濟大學外國語文學系系主任

推薦序

# 散步去驚嚇，就是生命最好的恩澤

上個世紀中，當哈佛大學一八三七年級班學生畢業十年後，教務秘書Henry Williams, Jr. 寄出了一份問卷給當屆所有的校友，詢問他們生活過得如何，畢業後從事些什麼樣的工作，對學校是否懷抱何種知遇之恩　當這封信送到亨利・梭羅的手上之時，他正住在麻塞諸塞州華爾登（Walden）湖畔親手建造的小木屋裡，從事著日後《湖濱散記》所揭露的各種「私人事務」（private business），梭羅不想搭理這封信，因此直到六個月後，他離開華爾登回到小城康考德（Concord）之際，才回覆了這個問卷。

回信的開頭，他這麼說：「我必須承認，我在班上只有非常稀微的學習精神，也幾乎忘了我曾在劍橋度過四年生活這件事。」

在回答「當下職業」這一欄，他揶揄地這麼寫：「它不只是一個，而是一串頭銜，我可以給你一些描述：我現在是一位學校校長／一位私人教師；一位土地測量員／一個園丁；一位農夫；一個畫家（Painter），我說的是房屋油漆工（House Painter）；一個木匠；一位石匠；一位日工（Day-Laborer）；一個鉛筆製造師；一個玻璃紙工人；有些時候，則是一位憋腳的打油詩詩人（Poetaster）。」

在哈佛大學建校迄今近三百九十年的歷史中，梭羅大概是對母校最沒有情感的畢業生了，但弔詭的是，他卻極有可能是歷來全球知名度最高的「哈佛校友」。梭羅以文字書寫傳世，但他的作品並不多，在世的人生也極短暫（四十四歲即早逝）。他之所以享譽全球，在於他提出了一個與現代文明完全相反的概念，一百多年來始終有效，而且在每一個年代裡都「拯救」了和現代性發展格格不入的無數人。

這個「梭羅反題」（Thoreau antithesis）就是：不要相信文化、文明與人群，忽視它們的教養和指導，而要相信自然和孤獨的自身，重視在勞力實作和荒野探勘中獲取的切身智慧。

如果再細究一點，梭羅反對的是所有的人造物，特別是新興的工業化、商業化的產品與生活制度，他認為這個發生在十九世紀初美國東部的過程，把人變成一個失去自身求知與感應能力的馴良之人，「在生活中，若習慣尋找法則，並乖乖遵守，那感覺就是種奴性」，相對的，自然中的千變萬化從不停歇，一個人要求得生命的豐富感和深邃意義，就必定要把自己拋入荒野，「我渴望著讓文明無法忍受的野性——靠生啖彎角羚脊髓（南非洲原住民霍屯督人的食物）過活的野性」。

梭羅自己就是一個身體力行的人，他去到湖邊以從事上列各種「私人事務」過了好幾個寒暑，換成別人早就悶壞了，但他卻快樂至極，而且這種實用主義的勞動生活，使他源源不斷地產出強碰各種當紅主流思想的對立概念（例如啟蒙二十世紀非暴力抗爭運動的「不合作主義」），在他有生之年，演講邀約始終不斷。

相較於《湖濱散記》，這本《梭羅散步》只有短短的兩萬字，對許多梭羅迷來說，它可能更精要、也更深入地概括了這位早逝天才的思想精華，自第一次寫完到最終他逝世後刊載於一八六二年的《大西洋月刊》為止，梭羅以此稿為本作過了十次演講，邊參照早年的日誌手札邊修改，也可算是生前思維最後的拍板定案之作。

雖然書名取名為「散步」，但千萬別誤會梭羅只是鼓勵現代人出門去溜達而已，作者號召的是那種「直面荒野世界」的散步，「外在世界多荒涼，我的精神便多振奮。給我海洋、沙漠和荒野！」他說。

看完書，讀者應該就可以知道，即便世界與日俱新，都還是奔騰在他的對立面，他所斥責的社會規矩和媚俗價值，不正風行在眼前的臺灣嗎？我們聽他的叮嚀：「不拘泥於固定的一隅，以四海為家，而這正是成功散步的秘訣……真正的散步者比較像蜿蜒的河流，尋找著通往大海的捷徑……」不會感到無比溫暖嗎？

人的天命，就是要迎上各種變化體驗，才會覺得意義非凡，不虛此行，不是嗎？因此，人類真正的家園，就不是一棟棟固著於地的房子，而是「路」（對梭羅來說，總在西南方，不向東方），出門走上一趟，徒步旅行，讓各種遭遇來嚇壞我們，這也是梭羅當年嚇壞哈佛的事。

也許——驚嚇，就是生命最好的恩澤。

——詹偉雄／文化評論人

# 具名推薦

李偉文／荒野保護協會榮譽理事長

徐仁修／自然生態攝影家、作家、荒野基金會與荒野保護協會創辦人

劉克襄／自然觀察旅遊作家

劉雪珍／輔大英文系退休副教授

嚴愛群／東華英美系兼語言中心主任

# 關於《梭羅散步》

《梭羅散步》有時也被稱為「野外」（The Wild），是亨利・梭羅於一八五一年四月二十三日在康科德中學首次發表的演講內容。《梭羅散步》寫於一八五一年至一八六〇年之間，其中部分內容來自於他早期的日記。梭羅一共讀了十遍這篇文章，這比他的任何其他演講稿都多。

梭羅於一八六二年他去世後，當年六月，《梭羅散步》首次作為文章發表在《大西洋月刊》上，並於一八六三年首次發行於波士頓。

《梭羅散步》是一篇分析人與自然關係的超驗散文，試圖在社會與我們原始的動物本性之間找到一個平衡。

然而，《梭羅散步》也是梭羅自傳的一面，反映了他個人的生活經歷。麗貝卡．索爾尼特（Rebecca Solnit）在她的書《旅行癖：行走的歷史》中說，步行的節奏可以成為音樂、談話、思想和文學的來源。

在十多年的行走中，梭羅不斷地觀察自然，整理自己的思想；他的日記顯示了他日常生活中，有哪些因素影響了他的環境觀，並激發了他書寫日記的動機。

最重要的是，在他與朋友的往來書信中，不僅說明了他的演講生涯，還提供了他的作品和寫作歷程，這一點證明了他的文章是來自於由自的敘述，具有一定的權威性。而且，他透過典故，不僅使散文得到了更廣泛的理解，更形成一種詩的形式。於是，以他的講法和新的文體，使《梭羅散步》成為了對現行社會的另一種批判。

《梭羅散步》的文學價值和歷史意義，可以從以下幾個方面來解讀：

**對全世界文學的影響**

《梭羅散步》主張人們應該與自然建立起更緊密的關係，並在自然中追尋人生的真正意義。

這種文學風格與當時的浪漫主義文學、民族主義文學和轉型時期的現代派文學相契合，不僅對美國文學產生了極其深遠的影響，更對全世界的文學思潮有了重大啟發。

**對環境保護思想的啟示**

《梭羅散步》主張保護自然環境，這個觀點在當時是很新穎的。如今，這種環境保護意識已經得到世界性的廣泛認同，並成為現代社會重要的價值觀之一。

## 對理性主義的挑戰

《梭羅散步》反對文化主義和現代工業化的思潮。他提倡更加自然的生活方式，讚美傳統的美德及其魅力，並對理性主義進行了挑戰。這種反初始化的立場在十九世紀與二十世紀交界時期，對西方思想和文化產生了十分重大的影響。

## 對人類精神和哲學的探索

梭羅從自然的角度探討了人類精神和哲學問題，透過與自然的緊密聯繫，提高人類對大自然的認識，以及對人類本質的思考，這種探討對現代哲學、心理學等學科產生了極深遠的影響。

綜合以上所述，梭羅的作品《梭羅散步》凝聚了美國文學、環境保護觀念、反工業理性思潮，以及人類哲學等多種思想和文化因素，是一部具有深刻歷史意義和重要文學價值的傑作。

# 梭羅散步

相對於文明中的自由與文化，我想為自然說句話，為絕對的自由和野性發聲。我不想將人類視為社會的一分子，我想將人類視為棲居大自然的生物，屬於大自然不可或缺的一部分。

我話會說得偏激，但這是為了表達我有多堅決，畢竟替文明辯護的人夠多了。那些就交給神職人員、學校委員和你們就好。

懂得「行走」的人，或懂得散步這門藝術的人，我這輩子只遇過零星幾個，他們可說是擁有散步的天賦。

步行的另一詞彙「漫步」（saunter）的來源頗具詩意，中世紀時有人會悠閒地在鄉間漫遊，佯裝自己要去聖地朝聖（à la Sainte Terre），尋求施捨。後來小孩子見了他們會大叫：「又一個朝聖的（Saunte-Terrer）！」於是 Saunterer 就變成了「朝聖者」。

有人朝聖只是掛在嘴上，但永遠不會去，他們只是遊手好閒的人或流浪漢。但對於真正踏上朝聖之路的人來說，「朝聖者」一詞不帶貶意，而我提到的散步者，也正是此意。

另外，也有人認為漫步一詞出自 sans terre，意思是沒有土地和家園。其實往正面想，它的意思是指不拘泥於固定的一隅，以四海為家，而這正是成功散步的祕訣。**老是枯坐在家裡的人才是最貧窮的乞丐，真正的散步者比較**

**像蜿蜒的河流，尋找著通往大海的捷徑。**但我比較喜歡前一個解釋，那可能才是真正的詞源。

**我們每一次散步都是一次遠征，藏在內心的隱士彼得[1]會鼓吹我們踏上旅程，從異教徒手中奪回聖地。**

說實話，我們都只是沒骨氣的遠征隊，現在甚至只是行走的人，也缺乏堅持不懈、永不停歇的精神。我們的遠征都只算踏青出遊，晚上都會返回舊壁爐邊，且旅程有一半是循原路回頭。

我們也許應該抱著冒險犯難、絕不回頭的精神，踏上最短的路線，準備將防腐的心臟送回家[2]，成為荒棄王國的遺物。如果你準備好離開父母、兄弟姊妹、妻子、小孩和朋友，和他們天人永隔[3]——如果你已償還債務，立下遺囑，安排好所有事務，成為自由之身，那你就準備好散步了。

以我的經驗來說，我和我的旅伴（我有時散步是有伴的）總喜歡幻想自己是新時代，甚或是舊時代的騎士團。但我們不是騎師、騎士、騎兵、騎馬者，而是「行者」，我相信這階級更為古老光榮。仗義精神和英雄氣概曾屬於騎

---

[1] 隱士彼得，或稱亞眠的彼得，他是法國的羅馬天主教教士，為十字軍東征的關鍵人物。

[2] 十字軍東征戰士死於沙場，由於無法運回屍體，因此會將心臟防腐，帶回家鄉。

[3] 暗示《聖經》馬太福音第十九章第二十九節：「無論誰為我的名而撇下房屋、弟兄、姊妹、父母、兒女或田地，都要得到百倍的賞賜，而且承受永生。」

士，如今存在於、或說沉溺於行者身上，可以說行走江湖的遊俠不再是騎士，而是行者。行者不屬於教會、國家和人民，他是第四個階級。

在這附近貫徹這一門高貴技藝的人，我覺得只有我們而已。不過，說老實話，如果把鎮民的話當真的話，多數人偶爾也會想要像我一樣去走一走，但他們卻辦不到。畢竟再多的錢都買不到**悠閒、自由和獨立，這是散步必要的關鍵。**

行者是神的禮讚，身分由天堂直接任命，你必須生而為行者，Ambulator nascitur, non fit（拉丁文：行者與生俱來，無法造成）。

有些鎮民會向我述說一段過往的回憶，說自己十年前散過一次步，沉浸在樹林中難以自拔，但我很清楚，不論他們怎麼裝腔作勢，想證明自己也是天選的行者，他們在那之後都只走在公路上。

當然，光是回想那一刻的存在，他們心靈便都暫時得到了昇華，即使是林中居民和盜賊，也是如此。

他來到青翠的樹林時，

是一個愉快的早晨。
他聽到輕盈的樂音，
是快樂的鳥兒在歌唱。
「我上次來到這裡，」羅賓漢說：
「已是好久以前的事，
我想在這待一會兒，
用弓箭獵隻棕鹿。」[4]

我覺得每天如果不花四小時散步（通常更久），穿梭樹林，翻越山嶺，橫越田野，徹底拋下世俗的事務，恐怕無法維持身心健康。俗話說「一便士買你的想法」，倒不如說「一念值千金」。

有時我會納悶，工匠技師和店坊老闆許多人老待在店裡，翹腳坐在那，不只早上，整個下午也是（彷彿雙腳不是用來站和走的，而是用來坐的）。我覺得他們沒早早了結自己生命，實在令人欽佩。

**我只要在房間待上一天，身體就生鏽了，有時我在一日的最後[5]，像下午**

[4] 出自《羅賓漢傳奇》。

[5] 暗示馬太福音第二十章第六節：「到了下午五點鐘的時候，他再次出去，看見還有人閒站在那裡，就問他們：『為什麼你們整天站在這裡無所事事呢？』」

**四點，好不容易溜出去散個步，那時韶光已逝，白晝將盡，夜幕逐漸遮蔽天光，我都覺得自己像犯了罪，必須好好懺悔。**姑且不論這事多背德，不得不說，鄰居的忍受力真令我驚訝，他們成天關在店鋪和辦公室，好幾週、好幾個月，哎唷！甚至好幾年。

我真不知道他們是怎樣的傢伙——下午三點癱坐在那裡，彷彿是凌晨三點似的。拿破崙所談論的凌晨三點的勇氣[6]，跟他們的勇氣比起來根本不值一哂，他們和自己相處整整一早上，下午還能開心地自顧自地坐下，簡直要把最最親愛的雙腿大軍都活活餓死。

我納悶這事時，大約都是在下午四、五點之間，那時讀早報太晚，讀晚報太早，少了街頭巷尾的日常喧囂，無數迂腐和根深柢固的想法全四散而去——邪惡因此自癒。

女人比男人更常待在屋子裡，我真不知道她們怎麼撐得住，但我懷疑她們多半不「撐」，而是直接躺平。有次夏日午後，我們快步而行，設法拍落俗事留下的灰塵，途中經過幾間房子，房子的正面全是多立克式和哥德式，那時屋內已杳無聲息，旅伴低聲說，裡頭的人可能早已上床睡覺。我聽完不

6 關於拿破崙所言，於他人回憶錄曾有記述：「至於道德勇氣，我很少看到有人有凌晨兩點的勇氣。我指的是毫無預備的勇氣，這在意外時不可或缺，在極端突發情況下，判斷和決定其實完全自由。」梭羅曾多次改寫，引用這個概念。

禁讚嘆房子有多宏偉和壯麗，畢竟它們不曾躺下，永遠挺立高站，守護酣然入睡的人們。

可想而知，這事與個人性情和年紀有莫大關係，尤其是年紀。男人上了年紀，會愈來愈習慣呆坐一處，或在室內工作。

至桑榆暮景之年，男人會漸漸變得只在傍晚活動。到了最後，會變得只在日落前才會出門，而且走個半小時便覺得足夠了。

但我說的散步和運動可是沒半點關係，所謂運動，就像病患按時吃藥，或像按時舉舉啞鈴或椅子。而散步本身，即是一日的挑戰和冒險。

**說真的，想運動還不如去尋找生命的泉源。你想想看，人為了健康，只在原地揮舞啞鈴，卻對遠方牧場噴湧的泉水毫無興趣！**

而且散步定要像駱駝一樣，據說牠們是唯一能邊行走邊思考的野獸。有次旅人請華茲華斯的女僕帶他們去她主人的書房，她回答：「這裡是主人的藏書室，他的書房在戶外。」

只要多待在戶外生活，風吹日曬，個性自然會變粗獷——像勞力活會讓雙手粗糙，人纖細的本質會因此長出一層厚皮。相反的，如果老待在屋子裡，人的個性自然會變得柔軟光滑，更別說皮膚會變薄，對特定刺激也更為敏感。如果不曬太陽、不吹風，也許應該多接觸重要的事物，增長智慧、培養道德，這樣無疑能平衡皮膚厚薄。但我覺得那都只是皮屑，遲早會脫落。

大自然的裨補之道藏在晝與夜、冬與夏、思考與經驗的比例。**空氣能疏通理路，陽光能照亮思緒，比起一雙怠惰懶散的手，勞力形成的粗糙手掌會帶來健全的自尊和氣概，讓人內心振奮。**一是整日臥床，自覺白淨；一是皮膚曬黑，手覆厚繭。空有感受和實際經驗有著天壤之別。

我們散步時，自然會走向原野和樹林：若只走在花園或步道，那會成什麼樣子？甚至有一群哲學家認為，既然不能親身去樹林，便必須將樹林搬來。他們會在開放的露天門廊「種植矮樹和一條條梧桐樹道」。

想當然耳，**去樹林時只帶身體沒帶心也沒有用。**

**要是我的身體進入樹林走了一英哩，心卻沒跟上，我會有所警覺。**下午散步時，我會希望自己忘記早上的工作和對社會的責任，但有時我拋不開俗務，工作會溜進我腦中，害我魂不守舍——讓我失神。

我散步會希望自己專心。如果我想著樹林外的事，那我到樹林裡幹嘛？我反省自己，不禁打個寒顫，沒想到自己會陷入世俗的工作情境中，無法自拔——這有時在所難免。

附近有許多散步的好去處，雖然多年來我幾乎天天散步，有時連續走好幾天，但我卻還沒走膩。任何一天的下午，我依然能見到全新的風景，感受它帶來的無上喜悅。

只要散步兩、三小時，我便能踏上我所期盼的陌生國度，有時會發現不曾見過的農舍，那時我心中的感動便宛如發現達荷美王國[7]的領地。方圓十英哩或午後散步的範圍，再加上人生七十年，其實從中能發現某種和諧。你一輩子都會感到新奇。

現代所謂所有人類的進步，像建造房舍、砍伐森林和大樹，其實都只是在破壞景色，讓一切變得廉價而乏味。

我輩啊，起手燒毀欄杆，留下森林吧！

我彷彿看到一排欄杆插在土地上，一路延伸到草原之間，看不到盡頭，一個世俗的守財奴帶一名土地測量員來查看地界，他周圍明明是一片天堂，但他卻看不到天使飛舞，只忙著尋找地上的舊樁洞。

我再向前望去，發現他已站在冥河溼軟的沼澤，附近都是魔鬼，他無疑找到了地界，三顆石頭中間插了根樁，再近點看，我發現他的測量員是黑暗王子[8]。

[7] 西非海岸的王國。

[8] 撒旦。

我從家門出發，輕輕鬆鬆便能走上十至二十英哩，中途不會經過任何房舍，除了狐狸和貂走過的路，我不會踏上任何道路。路線是如此：先沿著河流走到小溪，接著來到草原和樹林邊緣。我家附近好幾平方英哩杳無人煙。

從山丘上，我能看到遠方的文明和房子。農夫和農耕工作如土撥鼠和地洞般不明顯。那裡有人和人的活動、教堂、政府和學校、貿易和商業、製造業和農業、甚至是最惱人的政治——但我很高興這一切只占了景色的一小塊。

政治世界是塊狹長的土地，前頭更窄的是通往那裡的公路。我有時會為旅人指路。如果你要走向政治世界，順著大路走——跟著市場販子，讓他身後飛塵蒙住你的雙眼便能直達；政治世界的確有其一席之地，但並非全部。

我經過政治世界，宛若進入樹林前經過豆田，轉瞬間就忘了。半小時內，我會來到地球另一處，不會有人年復一年的賴在那，所以那裡不會有政治，因為政治形同雪茄菸罷了。

像河流匯聚於湖泊，公路延伸最後會通往村莊。村莊像是身體，而道路是四肢——村莊是三、四條路交匯處，也是旅人的通道和必經之地。村莊（Village）源自於拉丁文的 villa（拉丁文：農場和農舍）和 via，意思是道路，或像更古老的 ved 和 vella。Varro [9] 是源自 veho，意思是攜帶，因為村莊是貨

[9] 馬庫斯．特倫提烏斯．瓦羅（Marcus Terentius Varro, 116-27 B.C.E）是古羅馬的作家和學者，流傳至今的著作為《論農業》。

物進出之處。成群結夥的人稱作 vellaturam facere（拉丁文：做運輸的）。因此，還有拉丁字 vilis（拉丁文：無價值的、普通）和我們的 vile 及 villain（英文：卑鄙和惡棍）。

這代表著村莊的人能墮落到什麼地步。他們受旅人來去所累，自己卻不曾旅行。有人從來不散步，有人則在公路散步，只有少數人會走捷徑，畢竟道路是為馬匹和商人蓋的。

因為我不急著去旅館、食品店、馬房和車庫，所以相較下，我不大走公路。**我不是擅行道路的馬車，而是擅於旅行的良馬。**風景畫家會用人畫出路的位置，但他可用不到我。我走進這自然環境，就如摩奴[10]、摩西、荷馬、喬叟等古老的預言家和詩人般。你也許稱之為美國，但這不是美國：這裡不是亞美利哥・維斯普奇[11]、哥倫布或其他人發現的新大陸。

我在此處見到的，與其說來自所謂的美國史，不如說有更多是來自神話。

有幾條老路值得一走，那幾條路過去似乎通往某處，現在路都快斷了。有條路叫舊馬爾波羅路，我覺得除非藉著路神遊，不然現在已經不通馬爾波羅了。

---

[10] 摩奴為印度神話人類的始祖，而且是在大洪水中拯救人類的先知。

[11] 亞美利哥・維斯普奇（Amerigo Vespucci, 1454-1512）是佛羅倫斯商人和探險家，美洲便是以他的名字所命名。

我敢提這條路，是因為我想每個城鎮裡都有一、兩條這種路。

〈舊馬爾波羅路〉

他們曾在此淘金
卻一無所獲
有時馬歇爾・麥爾斯在此
一人踽踽獨行
而伊利亞・伍德來此
恐怕沒什麼好處
再除了易萊莎・杜剛[12]
此處沒別人了——

他們嗜好野味及
鷓鴣和野兔
生活在乎的也不多
只前來將陷阱設下
他們自立自強
過得簡單清苦；
而生命最甜美之時
當是有食物可食。
春天讓我熱血沸騰

12 馬歇爾·麥爾斯、伊利亞·伍德和易萊莎·杜剛為康科德的當地居民。

令我興起旅行之念
我便會踏著碎石
好好走一段舊馬爾波羅路
沒人整修這條路
也沒人耗損這條路
如基督徒所說
這是一條活路[13]。
路上沒別的人
會走上這條路的人
通常只是來拜訪
愛爾蘭人琴恩[14]

這是什麼路？這是什麼路？
不過是一個方向
還有前往他處的可能。
有偌大的石製路牌
卻無旅人的身影；
城鎮的石碑
地名刻於頂冠
此地值得去看看

13 引喻出自《聖經》希伯來書第十章第二十節：「祂為給我們開闢了一條又新又活的路，使我們可以穿過幔子，就是祂的身體，坦然進入至聖所。」

14 琴恩家族也是康科德居民。

而那裡你到得了
究竟是哪個國王
做出如此壯舉？
我仍在好奇；
究竟是如何和何時、
由哪位市政委員豎立？
是古爾加斯或里伊？
亦或是克拉塔或達比？
它們是成就永恆
的偉大努力；
它原為平整空白的一塊石板

旅人可能在此沉吟
並以短短一句話
刻下所知的一切
而另一個旅人在需要之際
將能獲得解答。
我知道一、兩佳句
能有此效
文學能刻骨銘心
傳誦各地
人會將句子銘記在心
到下一個十二月

春天時萬物解凍之後
再次讀到此句
如果讓想像奔馳
神遊離開家園
你便能藉由舊馬爾波羅路
環遊世界

目前這一帶最好的土地不是私人土地，那裡風景還沒有遭人霸占，行者享受著相對的自由。但也許有一天，這裡會規劃成休閒場地，少數人會在這塊地區做特定狹隘的活動——他們會插上無數欄杆，設下陷阱[15]，發明各種工具，限制別人待在路上。於是，在神的土地上散步，會變非法入侵某鄉紳的土地。獨享往往無法體會真正的享受，所以在邪惡的日子來臨前，讓我們把握機會。

決定方向為何有時如此困難？我相信自然有股潛在的磁力，只要我們放下心念，順勢而為，它便會帶領我們。對於我們要去哪，它不會漠不關心。**正確的道路是有的，但我們常掉以輕心，以致傻傻走上歧路。**我們內心

[15] 此處用 man-trap，指的是專門抓非法入侵、盜獵者和強盜的陷阱。

會想走上正途，在真實世界中，那條路我們仍不曾走過，而它恰恰象徵著內在和理想，是我們願踏上的旅程。由於那條路在我們腦中仍不明確，想當然耳，我們有時會難以選擇。

說來真怪，我憑直覺出門，不確定自己要彎去哪散步時，總不自覺轉向西南方，朝那方向的樹林、草原、荒廢的牧場或山丘走去。

我的指南針轉很慢——指針老是變來變去，不一定指向正西南方，有時偏個幾度，但大抵都會停在西方和南南西方之間。

對我來說，未來就在那方向，那一側的大地林木茂密，鬱鬱蔥蔥。我散步的軌跡不是圓圈，而是拋物線，宛如不會回歸的慧星軌道，以此比喻而言，軌道開口向西，而我的屋子則位於太陽的位置。我有時會在原地來回，猶豫十五分鐘，最後又千篇一律走向西南方和西方。

往東方，我得逼著自己走；往西方，我隨時能上路。東方的一切都不吸引我——越過東方的地平線，我不信自己能看到美景，能享受荒野和自由。

向東散步，我絲毫不會感到興奮，但我相信西方的森林會循著夕陽延伸到地平線，那裡不會有煩人的城鎮和大城市。讓我如願以償的生活吧，一邊是城市，一邊是荒野，而我經常離開城市，遁入荒野。我正是相信這是主流趨勢，才會如此強調。

我一定會走向奧勒岡州，而非歐洲。國家在朝西方前進，而人類的發展可說是由東到西。幾年前向澳洲移民時[16]，我們見證人類向東南遷徙，但這對我們來說是一種退步，而且從第一代澳大利亞人的道德和樣貌來看，也無法證明那是成功的經驗。東方的韃靼人認為西藏以西空無一物。他們說：「世界盡頭就在這裡，再過去就空無一物，只有無盡的海洋。」他們生活在絕對的東方。

**我們向東學習歷史、藝術和文學作品，追溯種族的腳步。我們向西則邁向未來，懷抱著企圖心和冒險心。**大西洋像條遺忘之河[17]，我們越過汪洋時，能拋下舊世界和其制度。如果這次失敗，人類在抵達地獄之岸前，可能還有一次機會，那就是橫越廣闊三倍的幽冥太平洋。

個人的小散步符合種族整體遷徙的方向，我不知道這是否具有意義，或只是特例。但我知道，類似鳥獸遷徙本能的力量（例如，那力量會影響松鼠，讓牠們莫名地一起遷徙。據說，牠們會各自找塊木片，尾巴高舉當帆，橫渡最寬廣的河川，並以屍體為橋越過窄溪；或像某種莫名的躁動，會在春天時影響牛隻，大家將那稱為牛尾巴裡有蟲）。那股力量會同時影響國家和個人，有可能常年都如此，也有可能偶爾。我們鎮上沒有野雁飛過，這在某個程度上會影響房地產價值，如果我是房仲，我可能會把這個納入考量。

「渴望的人們展開朝聖，

16 西元一七八八年，英國將第一批人犯運至澳洲。

17 指冥界的遺忘河（Lethe），在希臘神話中，亡者會喝下遺忘河水，忘記塵世的事。

朝聖者追尋奇異彼岸[18]。」

**每次看到日落，我都渴望走向太陽落下之處，前往遙遠美麗的西方。太陽日日向西移動，引誘我們跟著它。它是各族追隨的偉大西方拓荒者。地平線的山脊也許只是幻影，但最後一束陽光為它鍍了金，讓我們整晚魂牽夢縈。**

亞特蘭提斯之島[19]和赫斯珀里德斯[20]的島嶼和花園可謂人世間的天堂，雖然包裝在神話和詩歌中，但彷彿是祖先的偉大西方。誰望向日落天空，不會遙想赫斯珀里德斯的花園，想像寓言故事的根源？

哥倫布比史上任何人都執著於向西探索。他順應天性，為卡斯提亞和萊昂[21]找到新世界。那時代的人們聞到了遠方清新草原的氣味。

「如今太陽拉長所有山丘的影子
如今太陽落入西方的海灣
最後他起身，拉起他的藍斗篷
明天要去清新的樹林和新草原。[22]」

18 出自喬叟《坎特伯里故事集》序言。
19 傳說中擁有高度文明的古老島嶼，最早記錄在柏拉圖著作中。
20 希臘神話中的三名仙女，在西方海洋的一座孤島，守護金蘋果園。
21 西班牙。
22 出自彌爾頓《利西達斯》一詩。

地球上又有何處幅員廣闊，能容納巨大的各州？又有何處富饒豐沃，植物多樣，同時適合歐洲人？

熟悉歐洲的米肖[23]曾說：「北美大樹的種類比歐洲多得多。美國有一百四十種樹高過三十呎。法國大概只有三十種樹能長這麼高。」植物學家證實了他的觀察。

洪保德[24]來美國研究熱帶植物，實現年輕的夢想，他在亞馬遜原始林中見到了最完美的熱帶植物，他傳神地說，那是他見過地球上最巨大的原野。

地理學家古約[25]是歐洲人，他說得更大膽——大膽到我還跟不上；不過這段還行：「植物世界是為動物世界而存在，美國是為了舊世界的人們存在……舊世界的人們走上旅程，離開亞洲的高地，一步步走向歐洲。每一步都形成更進步的文明，發展力也更強。然後他來到大西洋，停在未知的海岸前，他看不到海洋的盡頭，於是決定暫時駐足一會。」

他走遍歐洲沃土，養足精神，「最後他一本初衷，重新開始他西向的冒險」，大膽啊！古約。

23 米肖（François André Michaux, 1770-1855）是法國植物學家，在北美研究近十一年。

24 洪保德（Friedrich Wilhelm Heinrich Alexander von Humboldt, 1769-1859）德國自然科學家，對生物、地理、地質和化學都有所涉獵，更被譽為地理學之父。

25 古約（Arnold Henry Guyot, 1807-1884）是瑞士裔美國地理學家，西元一八四八年移民美國。

人向西的欲望碰上太平洋的阻礙，形成了現代商業和貿易。西元一八〇二年，年輕的米肖在他《阿勒格尼山以西之旅》中寫道，在新開拓的西方世界裡，最常聽到的問題是：「你從世界哪個地方來？」彷彿這廣袤富饒之地，自然成為了眾人聚首和世人共有的國家。用過時的拉丁字來說，我會說是 Ex orente lux; ex occidente FRUX。意即光出東方，果出西方。

英國旅行家和加拿大總督法蘭西斯・赫得告訴我們：「在新世界的南北半球，大自然作畫不只大開大合，還比在勾勒和美化舊世界時，用上更為璀璨明亮、大鳴大放的色彩……美國的蒼穹感覺更高，藍天更藍，空氣更清新，冰冷更徹骨，月亮更大，星星更亮，雷聲更響，閃電更耀眼，風更強勁，雨水更豐沛，山脈更高聳，河流更悠長，森林更龐大，平原更廣闊。」這段話至少能平衡布豐對美國世界和植物的看法[26]。

林奈[27]多年前曾說：「Nescio quæ facies læta, glabra plantis Americanis（我不知道美國植物有何令人喜悅和平靜之處）。」而我覺得在這個國家中，完

---

[26] 布豐在《自然通史》第四十四卷批評新世界比不上舊世界。

[27] 卡爾．林奈（Carl Linnaeus, 1707-1778）瑞典植物學家和動物學家，奠定現代生物命名基礎，被譽為生物分類學之父。

全沒有羅馬人說的 Africanæ besti（拉丁文：非洲野獸），即使有也不多，以此而言，特別適宜人居。據說新加坡東印度城市的市中心三英哩內，每年都有居民喪生虎爪。但在北美，旅人晚上都能在樹林中躺下休息，不需害怕野生動物。

這些話句句鼓舞人心。如果美國月亮看來比歐洲大，太陽可能也更大。若美國蒼穹無垠，繁星明亮，我相信有朝一日，美國居民的哲學、詩歌和宗教也將扶搖直上。最後，也許美國人思想上、形而上的蒼穹和繁星也會更為高聳和閃耀。

**我相信氣候能影響人，山中的空氣能滋養精神，增加靈感。在此多方影**

嚮下，人難道不會變得身強體健，完美聰明嗎？我相信我們會更具想像力，我們的思想會如晴空一般，變得更清晰、清新和超凡。我們的理解會像平原一樣，更透徹和廣闊。我們的智識會像雷聲、閃電、河川、山脈和森林一樣，更宏偉壯闊。我們的心胸甚至會和內陸大湖一樣寬廣、深沉和浩瀚。

也許我們的表現，能提供旅人他所不知道的læta和glabra（喜悅和平靜）。不然世界為何運行？美國為何被發現？

對美國人，我不需多說——

28 出自英國哲學家喬治．柏克萊（George Berkeley, 1728-1753）〈美國園藝和學習的展望〉（*On the Prospect of Planting Arts and Learning in America*）一詩。

「帝國之星向西行[28]。」

✦

身為真正愛國者，要我說亞當在天堂住的地方比本國鄉下人家更好，我會覺得丟臉。我們對麻州的認同，並不限於新英格蘭地區，雖然我們不理解南方，但我們認同西方。那是年輕孩子的家園，像斯堪地那維亞人，他們必須航行出海，尋找他們的遺產[29]。現在學習希伯來語太遲了，甚至學習現代諺語都比較重要。

幾個月前，我去見識了萊因河的風景，那像是一場中世紀的夢。這次不是想像，我實際在歷史之河上漂流，航行過羅馬人建造和後世英雄修建的橋下，城市和城堡的名字各屬於不同的傳奇，對我來說甚是悅耳。

埃倫布賴特施泰因、羅蘭澤克和科布倫茨，我只在歷史中讀過，這些都是最令我有興趣的遺跡。河流裡，以及藤蔓遍布的山丘與山谷中，彷彿響起無聲的音樂，彷彿十字軍應聲出發，前往聖地。旅程中彷彿有人施咒，將我傳送到英雄時代，呼吸騎士精神的氣息。

沒多久，我去見識了密西西比州的風景。我白天溯流而上，看到蒸汽船

29 由於長子繼承制的傳統，長子會繼承一切，較年輕的弟弟被迫旅行尋求發展。

載上木頭，數著一座座新興城市，凝視諾伍新出土的遺跡，目睹印第安人過河向西而去。

而就像我望向摩澤爾河[30]，如今我來到俄亥俄州和密蘇里州，聽說了迪比克和威諾娜懸崖的傳奇（比起過去和現在，此地仍展望著未來），我發現雖然這像萊因河之旅，卻有所不同。城市的基礎還未打好，著名的橋樑還未橫越河流，我感到自己面前的一切正是萬物勃發的「英雄時代」，只是我們還不知道，英雄往往是最最樸實和無名的人。

我所說的西方，只是荒野的另一個名字。我想說的是，**荒野是世界的保護，而每一株樹的纖維生長時都在尋找著荒野。**城市會以各種價格買進樹木，而為了取得樹木，人類會開墾和航行，於是人類的生活仰賴著來自森林及荒野的補給品和樹皮。

我們的祖先是野蠻人。羅穆盧斯和瑞摩斯[31]受狼哺乳的童話並非毫無意義，在過去每個崛起的國家中，創立者都吸取著荒野的養分和能量，成長茁壯。只是帝國的孩子不是由狼哺乳，所以他們被北方森林的孩子征服和取代。

[30] 萊因河第二大支流。

[31] 羅馬神話中，羅穆盧斯和瑞摩斯是羅馬市的奠基者。雙胞胎受母狼哺乳的形象也成了羅馬市的象徵。

[32] 句型仿效天主教：「我相信聖父、聖子、聖靈。」

我相信森林、草原、玉米生長的夜晚[32]，我們的茶中需要加入加拿大鐵杉的針葉和崖柏[33]。為了獲得力量的飲食，與貪食有著天壤之別，霍屯督人會理所當然生啖彎角羚和羚羊脊髓，有的北印第安人會生吃北極馴鹿脊髓和其他部位，夠軟的話，甚至包括鹿角，所以他們也許搶先了巴黎廚師一步，連一般會丟入火堆的部位他們都會吃。

然而，要培養一個人，這樣的飲食可能好過吃肉牛和屠宰豬，所以我渴望著讓文明無法忍受的野性——靠生啖彎角羚脊髓過活的野性。

畫眉鳥棲息地的邊境，一些丘陵間的低地處，我會移居到那裡，那是一片無人霸占的荒原。我想，我早已適應那裡的環境。

非洲獵人康敏告訴我們，除了伊蘭羚羊之外，許多羚羊剛被殺死時，羚羊皮都會飄散出樹木和草原的芬芳。**我希望每個人都和野生的羚羊一樣，成為自然的一部分，一旦那人接近時，我們會先聞到自然甜美的氣味，讓我們知道他最常去的地方。**

我不是在諷刺，他甚至連皮大衣都散發著麝香，而比起商人和學者衣服的氣味，我覺得那股味道更芳香。我走到衣櫃整理他們的禮袍時，我想到的不是他們常去的草原和花叢，而是商會和圖書館的氣息。

33 崖柏的拉丁文為 arbor vitæ，意即生命之樹。

皮膚曬黑其實不只能得到尊敬，比起白色，橄欖色的肌膚也許更適合人類——一個林中居民。

「蒼白男子！」難怪非洲人會可憐他，自然主義者達爾文說：「白人在大溪地人旁曬太陽，就好比一株受園丁漂白的植物，放在一株挺拔美麗、在曠野中生長的深綠色植物旁。」

班・強生曾讚嘆：

「美麗即為好！」

所以我會說：

「野性即為好！」

**生命和野性共生，所以最具野性的事物，也最具生命力。**野性不曾被征服，也能讓人清醒，人若不停向前，工作從不休息，他會快速成長，並對人生充滿無限的渴求，驅使自己前往新國家或荒野，置身於最原始的生命萬物中，還會爬上原始森林的枝幹。

對我來說，希望和未來不在草原和開墾地，不在城鎮和城市，而是在池水波動的沼澤。之前我想買農莊，於是我分析了自己的喜好。我發現吸引我的，是幾平方桿深沉、無法滲透的沼澤——那就像農莊一隅的天然水池。對我來說，那就是驚為天人的珍寶。

我從小成長的城鎮，周圍沒有人造的花園，只有一片片沼澤。在我眼中，那溼軟的土地上，茂密生長的矮馬醉木（地桂）是最富饒的花圃。沼澤的水蘚叢中，一株株植物搖頭晃腦，而植物學頂多為它們取了名字，像高立的藍莓、圓錐形的馬醉木、山月桂、杜鵑花和北美杜鵑等。

我常在想，我真應該撤掉屋前的花盆和欄杆，搬開雲杉和花箱，甚至打掉碎石道，改成沼澤低矮的紅樹叢——我願窗前是一片沃土，而不是只用手推車運來幾桶泥土，倒在從地窖挖出來的廢沙上。

何不讓房子和起居室正對沼澤？所謂的前院，不過是打著自然和藝術的招牌，湊和著放上一點花草罷了。

木匠和石工離開後，清理門面要費上不少功夫，這不只為了路人，也為住戶啊。前院欄杆再怎麼有品味，我都覺得礙眼；雕飾再精緻，像橡實形之類的，我沒多久便會感到厭倦和噁心。

所以，**讓你的窗戶親近沼澤吧（雖然地窖恐怕乾不了），這樣一來，那一側便無法有人通行。人不該從前院進屋子，前院頂多供人經過，要進門的話，你可以從屋子後頭進來。**

沒錯，雖然你覺得我反常，但如果讓我選擇，要我住在極致工藝打造出的最美花園旁，還是住在淒涼的沼澤，我絕對選擇沼澤。所以城裡的各位，你們所有的工作對我來說，多麼無意義啊！

外在世界多荒涼，我的精神便多振奮。給我海洋、沙漠和荒野！在沙漠中，缺乏水氣和沃土的話，能用純淨的空氣和孤獨彌補。旅行家伯頓曾說：「你會士氣大振，變得坦率親切，友好專注……在沙漠中，酒精只會讓你噁心。像動物般純粹地生存，便是令人滿足的享受。」

曾在韃靼地方的草原上長途旅行的人們說：「重新進入已開發的土地，我們感到痛苦和困惑，文明的混亂令我們不適和窒息。我們呼吸不到空氣，彷彿每一秒都將缺氧而死。」

重生時，我會追尋最黑暗、最茂密且永無止境的森林，以及對城市人來說最陰鬱的沼澤。我走入沼澤，就像走入神聖之地——sanctum sanctorum（拉

**丁文：至聖之所），那裡蘊含著大自然的力量和精髓。野生的樹林覆蓋原生的灰綠沼地——這樣的土地對人類和樹木都有益。就像農場需要肥料一樣，人要健康，需要時時看到數英畝的綠野。人需要以挑戰為食。**

城鎮之所以獲救，與其說是靠正義的人類，不如說是靠周邊的樹林和沼澤。城鎮中，一塊原始森林在地上搖曳，另一塊原始森林在地下腐爛——這種城鎮不僅適合種植玉米和馬鈴薯，更能培育未來的詩人和哲學家。這樣的土地上會出現荷馬、孔子等人物，荒野會孕育出吃蝗蟲和野蜜的改革家[34]。

---

[34] 《聖經》馬太福音第三章第四節，描述先知施洗約翰的形象和生活：「約翰身穿駱駝毛的衣服，腰束皮帶，吃的是蝗蟲、野蜜。」

要保護野生動物的話，必須創造一座森林，供牠們棲息和生活。人類也一樣。

一百年前，人類從森林中剝下樹皮，在街道上販賣。我覺得原始粗野的樹林蘊含著類似製革的道理，能讓人類思想變得更柔韌堅固。

啊！我一想到本地村莊的墮落，便全身打顫，當你無法收集到厚樹皮，便再也無法出產焦油和松節油。

文明的國家像希臘、羅馬和英國，都立足在古代腐爛的原始林之上，經久不衰。只要土地不耗竭，他們便能存活。

唉，**人類文化啊！國家的腐植土若耗竭，不得不拿祖先的骨骸來當肥料時，這國家恐怕就沒指望了。那裡的詩人只能靠身上殘存的脂肪生存，哲學家大概只剩骨髓了。**

據說美國人的任務是「開墾原生地」，而且「本地農業研判會達到前所未聞的規模」。我想，農夫能取代印第安人，是因為他們解救了草原，就某方面而言，他們因此變得更為強大和自然。我那天替一個人測量一條直線，長度一百三十二桿，並通過一座沼澤，沼澤入口可能寫著但丁在煉獄入口所讀到的文字——「入此門者，了斷希望」，換言之，永遠無法脫離。

有次雖然仍是冬天，我就看到雇主身陷沼澤，奮力掙扎求生。他有另一座沼澤，但我無法測量，因為土地全在水下，不過第三座沼澤我倒是從遠方打量了一番。

他對我說，為了沼澤中的沃土，依他的直覺，他無論如何都不會放棄這座沼澤。那人打算花四十個月，在周圍挖個環狀渠道，用鏟子的力量解救土地。我之所以提到他，只是要舉個農夫的例子。

戰勝土地的關鍵武器，應該代代相傳，成為傳家寶，但它們不會是劍或矛，而會是砍刀、割草刀、鏟子和沼澤鋤頭。上頭會處處生鏽，布滿汙漬，有著草原的血跡和難以征服的荒野留下的沙土。風將印第安人的玉米田吹成草原，指出他們缺乏技術。要說工具，他們頂多只有蛤仔殼，無法挖掘泥土，深入土地扎根，而農夫手中拿著的是犁和鏟子。

**文學中，只有野性能吸引我們。馴良的另一個名字是乏味。**《哈姆雷特》、《伊里亞德》和所有經典和神話中，課程之外，未開化的自由和野性思想才是我們最開心的收穫。

野鴨比家鴨動作更敏捷，身形更美麗，野性的思想也一樣（好比綠頭鴨），它會在露水間振翼掠過沼澤。

**真正的好書自然不造作，美好又完美，出乎意料，又難以解釋，就像在西方草原或東方森林中發現的野花。**

天才宛如一道光，照亮黑暗，也像閃雷的光芒，劈開智慧的殿堂——而不是種族爐石上的一根蠟燭，在尋常的天光下便顯得黯然失色。

從吟遊詩人到湖畔詩人，如喬叟、史賓塞、彌爾頓，甚至莎士比亞，英國文學氣息不甚清新，也無野性的特質。它本質上是馴良和開化的文學，反映著希臘和羅馬。它的野性就像綠林，它的野人就像羅賓漢，裡面有親近自然的愛，卻沒有對自然本身的愛。

林中的野人滅絕了，大自然不會記載；野生動物滅絕了，大自然才會告訴我們。洪堡德的科學是一回事，詩則是另一回事[35]。雖然科學發現無數，人類知識累積多年，現代的詩人卻不比荷馬有優勢。

能體現出自然的文學在哪？那非詩人莫屬了，他能讓風和溪水為他服務和發聲；他能展現文字最原始的意義，如同農夫在春天凍脹的土地上釘下木

[35] 梭羅曾說，洪堡德曾證明，天空反映海洋只是詩意的說法，而非科學的事實。

椿；他用字遣詞時時追本溯源——並移植到紙頁上，讓根不離土；他的文字句句真實，新奇自然，像迎接春天的新芽茁壯生長。雖然它們在圖書館，悶在兩片滿是灰塵的書封之間——唉，為了忠實的讀者，和周遭自然環境一樣，它們隨著同類年年開花結果。

我不記得任何詩歌曾精準表達對野性的渴求。從這角度而言，最美的詩仍馴良乏味，無論哪個文學，無論古代或現代，我都不知該去何處才能找到我熟悉的自然。

你會發現，我要的不是奧古斯都或伊莉莎白年代的作品[36]，簡言之，沒有文化能提供。

神話比起其他文學更接近自然。比起英國文學，希臘神話至少紮根於自然的沃土！

**神話是遠古世界的作物，當時土地還未耗竭，幻想和想像力還未染上枯萎病；它保有的原始活力至今不減。其他文學都只像榆樹，頂多遮蔽我們的屋子，但神話像是西部群島的巨大龍血樹，和人類一樣歷史悠久。**

無論龍血樹是否仍在，神話都將和人類長存，而其他文學都將腐敗，化為土壤，滋養神話。

36 奧古斯都和伊莉莎白年代皆為文化進步的時期。

西方世界已準備在東方的寓言之上，加入自己的寓言。恆河、尼羅河和萊茵河谷已產出各自的果實，而亞馬遜河、拉布拉他河、奧斯諾科河、聖羅倫斯河和密西西比河的果實則待未來見證。

也許時代演進下，美國的自由會成為舊時的傳說（目前在某種程度而言是現代的傳說）——世界的詩人會受美國神話啟發。

野人最狂野的夢也可作為真實，但也許不符合現代英國和美國人的常識。

**真相不一定符合常識，就像野鐵線蓮和捲心菜在自然中各有其位置，有的真**

**相引人遐思（其他只是合理，就像這句話），有的則鑑往知來，甚至有的疾病會預示何謂健康。**

地理學家發現，毒蛇、獅鷲、飛龍和其他紋章中幻想的飾紋，都找得到化石可對照，這些物種在人類出現之前便已滅絕，因此「依稀提供了前一個有機生物的模糊概念」。

印度人幻想地球在一隻大象身上，而大象站在烏龜身上，烏龜站在蛇上，雖然也許不重要，但有件事真巧，前不久，亞洲發現了足以支撐大象的巨龜化石。我承認，我獨鍾奇思幻想，這些想法能超越時間和發展，它們是智慧再創造的極致。鷓鴣喜歡豌豆，但不包括和牠放進鍋裡的那些。

簡言之，**所有好東西都是狂野和自由的。**

無論是樂器或人聲，任何音樂都有個特質，以夏夜中的號角為例，它狂野的聲音讓我想到野獸在原始林中的吼叫，直率而不拐彎抹角。所以，就讓野人做我的朋友和鄰居吧，而非馴良的人，且與常人和戀人相遇時強烈的野性相比，野蠻人的野性只是淺薄的象徵罷了。

我甚至愛看居家動物重新主張牠們原始的權利——顯露牠們原始的一面，展現牠們仍保有野生的習慣和活力，例如早春時，**鄰居的牛逃出牧場，牠大膽地在二十五或三十桿寬的冰冷河川中游水，融雪帶來豐沛水量，灰色的波浪翻滾，那畫面宛如水牛橫跨密西西比河。在我眼中，這英勇之舉能讓牛群**

**重拾一點尊嚴——其實牠們本來就擁有尊嚴。野性的直覺像土地腑臟中的種子，暫時藏在牛隻和馬匹厚重的獸皮下。**

牛隻的活動令人意外，有一天我看到一群小公牛和母牛拖著笨重的身軀在嬉戲，像巨大的老鼠，甚至像小貓一樣。牠們搖頭擺尾，在山丘衝上衝下，我觀察著牠們的牛角和動作，以及牠們和鹿族的相似之處。

但是，突然聽到「哇！」一聲，牠們馬上收起狂熱，從鹿嚇回成牛，肋骨兩側肌肉瞬間僵硬得像火車一樣。除了魔鬼，誰會對人類喊「哇」呢？

確實，和許多人一樣，牛隻的生活宛如機械，牠們身體一次只動一邊，而人類以工具和馬牛配合，鞭子落在哪，牛的哪裡就顫抖。然而，我們提到牛肋時，誰會聯想到動作優雅的貓肋呢？

馬匹和鹿必須先被征服，才會成為人類的奴隸，而人類在服從社會之前，也保有野蠻放蕩的天性。當然，不是所有人都適合文明，雖然多數人像狗和綿羊一樣甘於現狀，但不代表其他人也應毀了自己的天性，降格至同等程度。

人類基本上都一個樣，但數量一多，仍是形形色色。如果是一般不花心力的事，一個人做的幾乎能和另一個人做的一樣好。如果是必須付出相當心力的事，個人的能力就是關鍵了。任何人都能防風、補破壁[37]，但鮮少人能與寫出這形容的作家並駕齊驅。孔子說：「虎皮和豹皮受鞣製後，與狗皮和羊皮無異。」[38]但真正的文化不會馴服老虎，或讓羊變得凶狠，而拿牠們的毛皮來製鞋，並非是最有益的使用方式。

在外來語清單中尋找人名——像軍官或專題作者，讓我再次想到，名字不代表什麼。例如曼契可夫這名字，對我來說像根鬍子一樣毫無意義，而且搞不好是老鼠的名字。

[37] 出自莎士比亞《哈姆雷特》第五幕第一景：「凱薩死了化為泥，為了防風拿去補破壁。」

[38] 語出《論語》（顏淵第十二）：虎豹之鞟，猶犬羊之鞟。

我們看到波蘭人和俄國人的名字，就像他們看到我們的名字一樣，彷彿是用小孩子的胡言亂語來命名——咿咿呀呀、嘟嚕嗒啦。我腦中只看到一群野獸遍布土地，每個牧人用屬於自己野蠻的方言命名每隻野獸。當然，人類的名字和博斯及崔伊等狗名一樣，廉價又毫無意義。

我覺得，按照大家認識他的方式取名還比較有好處。要認識一個人，其實只需要知道物種分屬，也許還有種族或特色。我們心底其實不相信羅馬軍隊每個大兵都擁有自己的名字——因為我們不覺得他們擁有個性。

目前我們真正的名字就是綽號。我認識一個男孩，他因為特別有活力，一同玩耍的孩子都稱他「衝仔」，這名字取代了他的本名。

有的旅人告訴我們，印第安人起初沒有名字，是後來才贏得自己的名字，所以他的名字等同於他的名聲。有的部落中，只要他每次有新成就，就會取得新名字。人若只為了方便而取名字，既沒贏得名字，也沒獲得名聲，實在很可憐。

我不會只用名字分辨他人，但我仍將人類視為群體。熟悉的名字不會讓一個人變得熟悉。也許取那名字的人是個野蠻人，而他仍偷偷保有他在樹林中贏得的野名。

**我們的內心都有個狂野的野蠻人，也許在世上一角，有某個野蠻的名字屬於我們。**

我發現鄰居雖然取著威廉或愛德溫等熟悉的名字，但他外套一脫，名字也就拋下了。他睡覺或生氣，心花怒放或精神昂揚時，名字都似乎與他無關。反倒是我聽過他的家人，有時在拳腳相向或輕柔婉語之際，似乎會叫出他原始狂野的名字。

大自然是我們的母親，它廣闊、野蠻、形影不離、隨處可見，又如此美麗，像花豹一樣，對孩子擁有非凡的愛。而我們卻早早斷奶，進到社會，僅投入人與人的交流——那像是圈內繁殖，頂多產出英國貴族，文化發展速度注定有限。在人類社會中最好的制度下，人類通常容易早熟。我們明明仍是成長中的孩子，卻已成為一個個小大人。我要的文化是從草原運來更多穢土，深化土地——我不要依賴發熱肥料、只改進工具和社會模式的文化！

我聽說許多可憐的學生眼睛發疼，但如果他別徹夜苦讀，好好像個傻瓜[39]紮實地睡上一覺，智慧、思考，甚至身體成長，都會更快。

但可能連資訊都會過度。法國人涅普斯（Joseph Nicéphore Niépce）發現「光化作用」（actinism），指出太陽光會在花崗岩、石建築和金屬雕像等物

---

[39] 暗喻喬治四世（King George IV, 1762-1830）的故事，他讓男人睡六小時，女人睡七小時，弄臣睡八小時。弄臣（fool）和傻瓜是同一英文字。

質上產生化學效應，「除非有大自然美妙的防禦措施，不然在照射陽光時全都會受到破壞，不久便會在宇宙最無形且輕微的力量下毀滅」。但他也觀察到「白天能承受衝擊的萬物，晚上不再受到刺激時，都能回復到原本的狀態」。

因此他推斷，「如同生物王國需要夜晚和睡眠，對非生物來說，黑暗也不可或缺。」就連月亮都不是夜夜閃耀，讓黑暗降臨。

如同我不會開墾每一塊土地一樣，我不會培養每個人，也不會陶冶人的一切。就土地而言，我們會將一部分開墾耕作，但大部分都會保留給草原和森林，我們不能短視近利，我們必須靠年年累積的腐植質，備好沃土，來面對遙遠的未來。

除了卡德摩斯[40]發明的字母之外，孩子還需要學習其他字母。西班牙人有個適合的詞來表達這狂野曖昧的知識：Gramática parda，意為褐色文法，這是從我之前提到的花豹身上，所衍生出來的自然智慧。

**我們聽過社會要傳播有用知識，也聽過知識就是力量云云，我覺得社會要傳播有用的無知——可以稱之為「美麗的知識」，這是形而上的知識：我們所謂的知識，不過是大言不慚炫耀已知的事物，且總會讓我們忘記自己其**

[40] 卡德摩斯（Cadmus）是希臘神話人物，希臘人認為他發明了腓尼基字母。

**一無所知，不是嗎？我們所謂的知識，往往證明自己無知，無知則證明自己擁有負的知識。**

透過努力不懈和閱讀報紙（科學書籍不就是一堆報紙嗎？），人會將無數事實記在腦中，待他生命的春天到來，他會漫步到思想的偉大平原，像馬一樣品嚐綠草，將束縛自己的馬具全留在馬廄。有時我會對傳播有用知識的社會說：去草原吧，你們吃乾草夠久了。

春天來了，大地長滿了綠芽，五月底之前，村裡每隻牛都會回到牧場吃草。但我聽說有個農夫違反自然，他把牛養在農舍，整年只餵牠乾草。所以傳播有用知識的社會中，牛隻經常需要醫治。

一個人的無知有時不只有用，而且美麗——他所謂的知識，除了醜陋，通常比沒用還沒用。有一種人對萬物一無所知，但罕見的是，他心裡有數；另一種人是對世事真的略知一二，卻自以為無所不知——哪種人比較好相處？

**我對知識的渴望斷斷續續，但多年以來，我一直渴望踏上並沉浸在不曾踏過的土地。我們最能獲得的不是知識，而是和智慧同理。**

當我理解這形而上的概念，我眼界大開，豁然發現過去所謂的知識有多麼不足——天地之間有許多事情，是你的睿智所無法想像的[41]。陽光照亮了迷

[41] 出自莎士比亞《哈姆雷特》：「天地間有許多事情，赫瑞修，是你的睿智所無法想像的。」

霧。人類不可能明白比這更崇高的感受，他頂多只能面對太陽，感到內心平靜，無悔無罪：Ὡς τὶ νοῶν, οὐ κεῖνον νοήσεις,——即《迦勒底神諭》所說的：

「**你無法感知，因為感知有限。**」

在生活中，若習慣尋找法則，並乖乖遵守，那感覺就是種奴性。我們能研究萬物的法則，在方便時為我們所用，但成功的生活不會有法則。發覺自己過去不知不覺中被法則限制住，這點確實令人難過，所以自由生活吧，霧中之子——對於知識，我們全是霧中之子，即使我們與立法者同為人，但人類自由生活的權利，則凌駕在所有法律之上。

《毗濕奴往世書》寫道：「那是此時此刻的義務，不該是我們的束縛。

知識是為了讓我們自由，其他義務只會教人困乏，而其他知識都只是藝術家的小聰明。」

我們的歷史中，危機和大事件少得不可思議，我們極少動腦筋，經驗都不足為道。然而，就算成長會擾亂一成不變的平靜，我仍希望自己快速茁壯——即使我會歷經掙扎，在漫長、黑暗、悶熱的憂鬱夜晚或季節中煎熬。

我寧願生命是一齣神聖的悲劇，也好過一齣微不足道的喜劇或鬧劇。但丁、班揚和其他一些人似乎比我們動了更多腦筋：他們身受某種文化影響，這一點在地方學校和大學都不曾深思過。甚至是穆罕默德，雖然許多人聽到他名字會尖叫，但他比一般人有更多活著和……唉，赴死的意義。

偶爾人的腦中會閃過某個想法，也許當時他正走在鐵軌上，連火車開過他都沒聽到。但不久，由於天命難違，韶光易逝，車子會再次回到眼前。

「徐徐微風，在無形中漫遊
將薊草彎向風暴般的羅依拉瀑布
風之幽谷的旅人
你為何這麼快離開我的耳邊？」

所有人都被社會吸引，少數人則傾心於自然。**我覺得儘管人類發展了藝**

術，但人類和自然的關係多半還不如動物。和動物不同，人類和自然關係通常十分醜陋，我們真的很不懂得欣賞風景之美！要別人告訴我們，我們才知道希臘人稱世界 **Κόσμος Beauty**（意即「秩序之美」），但我們卻看不清美在何處，我們認為自然頂多是個有趣的哲學事實。

對於大自然，我覺得自己彷彿生活在邊境，偶爾才會越境，短暫進到受侷限的世界，而我的愛國心和對於本州的忠誠，似乎像蘇格蘭邊境的土匪，進出不定。

只要我過著所謂「自然的生活」，我甚至願意跟著鬼火越過難以想像的沼澤和泥濘，甚至走上沒有月光和螢火蟲照出的那條路。

自然如此廣闊浩翰，我們不曾看遍她的樣貌。我家鄉城鎮周圍的原野不斷向外延伸，行者走在熟悉土地上，有時會踏出所有權的土地，例如康科德邊境偏遠的平原，到了那裡，康科德即失去了管轄權，康科德三字也不再出現在腦中。

我曾經去測量土地，立下欄杆，但這片農莊彷彿隔著一層濃霧，仍朦朧不清，沒有任何化學藥劑能將畫面定下，萬物彷彿從玻璃表面淡去，畫家留下的畫面只隱約從底下透出。所以，我們熟悉的世界沒能留下一點痕跡，無法長存。

我有一天下午去史博丁的農場散步，看到夕陽照亮了對面宏偉的松林。

那金色的陽光穿透樹林，映照在林道上，彷彿照亮高貴的殿堂，我心生欽慕，彷彿某個古老崇高、功業彪炳的家族定居在康科德的那塊土地上，而我卻完全不認識——他們以太陽為僕，不曾干涉村莊社會，住處也無人造訪。我的視線穿透了樹林，在史博丁的蔓越莓田看到了那家族的公園和遊樂場。

松林茁壯，為他們立起山牆，宅院穿梭在樹林間，若隱若現。我不確定自己是否聽到歡鬧聲，他們就斜躺在陽光下，兒孫滿堂，生活自適。農夫的推車道直接穿過他們的大廳，卻沒干擾到他們，就好比水窪底部再混濁，有時也能映照清徹的天空。

他們不曾聽過史博丁，不知道他是鄰居——即使我聽過史博丁趕車時大聲吹著口哨也一樣。什麼都比不上他們生活的寧靜。那家族的家徽即是地衣，畫在松樹和櫟樹上，他們的閣樓即是樹頂。

他們沒有政治，沒有勞動的噪音，我聽不到他們紡紗織布的動靜，但徐風平息、萬籟無聲時，我會聽到人類所能想像最悅耳的嗡鳴——彷彿五月遙遠的蜂巢，也許這正是他們思考的聲音。他們沒有閒情逸致，但唯有閒情逸致的人才看得到他們工作，因為他們工作時，不受限於結節和贅瘤之處。

但我難以將他們永存於記憶之中，即使我現在還說著，也努力回想，但他們仍在我腦中淡去，讓我回過神來。我認真整理思緒許久，才意識到他們其實和我們一直共存著。要不是這家族，我想我會搬出康科德。

在新英格蘭，我們常會覺得每年鎮上的鴿子愈來愈少了，主要是森林無法為牠們提供山毛櫸果實。

而年復一年，思維之鳥似乎也愈來愈少停留在成年人腦中，因為我們思想的森林已日漸荒廢——全都賣去投入不必要的野心之火，或送去磨坊，所以幾乎沒有樹枝能讓思想棲息。它們不再和我們打造未來，培育下一代。

也許在溫暖的季節，腦中風景會閃過一道陰影，某個想法在春秋遷徙之際，翅膀的影子會投到地面，但我們抬頭看，卻看不到實質的身影。

我們展翅的思想[42]被馴養成了家禽，它們不再翱翔，只出現在宏偉壯麗的上海和交趾支那[43]，最後只剩下那些「頂—呱—呱」的想法和「頂—呱—呱」的人[44]！

我們擁抱土地——卻鮮少攀爬！我覺得我們應該更常攀高，至少可以爬樹。我有次記錄了自己爬樹的經過，那是山頂一株高大的白松，雖然爬得狼狽，卻大有斬獲，因為我發現地平線有座從未見過的山，而大地和蒼穹變得更廣闊。我就算在樹底走上七十年，也永遠看不到那座山。

除此之外，我還在旁邊最頂端的樹梢上（當時時近六月底），看到幾朵小巧纖美的圓椎形紅花，飽滿的花朵，襯著白松看起來清新脫俗。我直接把花一路帶到村莊裡最高的尖塔，拿給街上陌生的陪審團看（那天是開庭期），給農夫、木商、伐木工和獵人看，沒有一人看過這樣的花朵，但人人都無比好奇，彷彿看到墜落的一顆星。

據說，古代建築師作品完成後，柱頂和柱底都一樣完美！大自然一開始創造這朵森林小花，便讓它只朝向天空綻放，高高生長在人類無法發覺的頭頂上，而我們只看得到腳下草地上的花朵。長年以來，松木年年夏天樹梢上

---

42 出自莎士比亞《亨利五世》第五幕序曲：「再又展開你那思想的翅膀，護送他橫渡海洋。」

43 美國的家禽當時是自中國進口。

44 梭羅將偉大（great）一字發音拆成 gra-a-ate，比作鴿子叫來諷刺。梭羅曾在日誌形容鴿子叫聲沉悶無趣，像樹枝磨擦的格格聲。

都長著嬌美的花朵，無論是大自然的紅木孩子或白木孩子都一樣，但幾乎沒有農夫或獵人發現。

最重要的是，我們一定要活在當下——**人上之人從不緬懷過去，只把握當下。**

思想上，我們除非能聽到附近穀倉的每一聲雞鳴，不然我們永遠都遲了一步。雞鳴能提醒我們，我們做事和陷入思考時，身體時時刻刻都在生鏽變老。它的思想比我們更現代，它的宣告就是新版的《聖經》，即此時此刻的福音。它從不遲到，時時早起，不曾落後，要和它一起，就必須享受當下，站上時間的第一線。雞鳴表示大自然健康安好，並大聲向全世界誇耀健康的生命，猶如繆斯的新池泉水噴湧，以慶祝稍縱即逝的良辰吉時。雞群生活之處，沒通過逃亡奴隸法[45]，而且一聽說那法律，誰不會多次背叛主人[46]？

雞鳴的好處，便是它不令人傷感，雞一啼，我們便破涕而笑，除了它，誰能讓我們期待單純喜悅的早晨？在憂鬱時，雞鳴能打破週日木棧道死寂的氣息；也或許我在家守靈時，聽到附近的雞鳴，便會想：「至少我們其中之一好過。」接著我便能心情一振，豁然回神。

[45] 美國國會為緩和美國南北地區矛盾，通過一八五〇年《逃亡奴隸法》，規定即使奴隸逃到自由州，仍必須回到主人管轄，聯邦政府也必須負責尋找、歸還和審判逃亡奴隸。

[46] 暗指《聖經》馬太福音第二十六章第三十四節，耶穌對彼得說的話：「我實在告訴你，今夜雞叫以前，你會三次不認我。」

十一月有天日落十分美麗，我走在小溪源頭的草地上，那天陰冷灰暗，但夕陽落下最後一刻，在地平線畫出了清晰的光束，那如晨光般柔和耀眼的光芒，照到反方向乾燥的草原和樹枝上，也照亮山坡上的櫟樹林。

我們的影子投在東方的草地上，彷彿在陽光下，我們只是灰塵一般。那樣的光，我們之前簡直無法想像，空氣也溫暖寧靜，那草地無比完美，宛如天堂一般。這並非單次、永不再現的美景，這樣的美景會永永遠遠下去，未來無數的傍晚，都將鼓舞和撫慰行至此處的孩子，一想到此，我們便感覺此景更為壯闊。

夕陽落入靜謐的草地，燦爛奪目的光輝曾沐浴城市，但此時四周沒有一間房子，又也許，世上不曾出現過此景——也許有隻沼澤孤鷹飛過，雙翼染得一片金黃；也許一隻麝鼠從巢穴探頭；也許沼澤中有條黑脈似的溪流，正緩緩繞過腐爛的殘椿流動……

我們走入純淨明亮的光中，陽光為枯草和樹葉鍍金，光線溫柔和煦，我感覺自己從未沐浴在如此金色的浪潮中，不受一絲漣漪和低鳴打擾。西方每一座樹林和山丘像至福樂土[47]的邊境，閃耀著金光，傍晚時分的太陽在我們後方，像溫柔的牧人驅趕著我們回家。

於是我們漫步朝聖地前行，期許有朝一日，太陽會前所未有的明亮，也許能照亮我們的思想和心靈，並以一道恰如秋天河畔溫暖、寧靜的金黃醒光，啟發我們的一生。

[47] 希臘神話中位於西方世界邊境的天堂。

# 關於亨利・梭羅

亨利・梭羅是美國文學和哲學運動「超驗主義」（transcendentalism）的重要貢獻者。他的散文、書籍和詩歌，將他的學術生涯中的兩個中心主題編織在了一起：自然和生活行為。

他的自然寫作，將其對自然所觀察到的直接感受，與對自然和荒野的超驗主義解釋結合了起來，在他的許多作品中，便將這種對自然的解釋與應用，提出建議給人們，告訴大眾應該如何生活。

梭羅作為哲學作家的重要性，在他去世之前甚少受到重視，但他最著名的兩部著作《湖濱散記》（一八五四年）和《公民不服從》（一八四九年）卻逐漸受到了重視，到了二十世紀下半葉，已然成為美國思想的經典文本。這些書不僅被廣泛應用於解決政治哲學、道德理論，以及最近的環保議題，而且對於那些將哲學視為普通經驗的接觸、而不是抽象演繹的人來說，也具有至關重要的意義。

在他生命的最後階段，梭羅的自然主義興趣轉向了更為科學的方向。例如，他對當地動物群體進行了細微觀察，並詳細記錄了觀察結果。儘管如此，他仍密切關注當時的道德與政治發展，而且經常以激烈的言辭表達自己的立場。在他死後發表的幾篇文章中，他將自然主義與道德、興趣等議題優雅地融合在一起，其中包括《梭羅散步》和《野蘋果》（均發表於一八六二年）。

亨利・梭羅於一八一七年七月十二日出生於美國馬薩諸塞州的康科德，

父親是約翰·梭羅，母親是辛西婭·梭羅。他有兩個哥哥海倫和約翰，以及一個妹妹蘇菲亞。一八一八年，梭羅一家搬離康科德，直到一八二三年才再搬回來。

梭羅於一八三三年進入哈佛大學，修讀了修辭學、經典文學、哲學、科學和數學，並於一八三七年畢業。畢業後，梭羅從事教育工作幾年，並在其間與拉爾夫·愛默生（Ralph Waldo Emerson）建立起如師亦友的關係，愛默生的哲學思想深深地影響並反映在梭羅的作品中，即使在他們的友誼冷卻之後，亦然如此。

梭羅的寫作生涯始於一九四〇年，他在期刊《錶盤》上發表散文和詩歌，該期刊是許多超驗主義寫作的發源地。一八四二年，在期刊《日晷》上發表文章〈馬薩諸塞州自然史〉，這奠定了他自然主義寫作的基本方向和風格。

和其他的超驗主義者一樣，梭羅是一個唯心主義者，相信神性是內在的。他認為，這種神聖的內在，使自然成為人類洞察力的載體。因此，在早期許多自然文章中的核心議題是，人類需通過與自然的接觸，來覺醒自己的力量和可能性。

一八四五年，他在拉爾夫・愛默生購買的瓦爾登湖（Walden Pond）附近的土地上建造了一間小木屋。在湖畔停留的兩年期間，梭羅完成了〈康科德河和梅里馬克河一週〉的手稿；這篇文章取材於一八三九年他與弟弟約翰的一次旅行，主要是用來紀念一八四二年死於破傷風的約翰。當然，梭羅的這段湖畔居住的經歷也成了《湖濱散記》的基礎，因為他住在這裡時，就已經開始寫這部作品了。

離開瓦爾登湖後，梭羅在愛默生家裡住了一年，在愛默生去歐洲講學期間幫助做手工和照顧孩子。一八四八年一月，他在康科德學園發表了題為「個人與國家的關係」的兩次講座。一八四九年五月，這篇演講以〈對公民政府的抵抗〉修訂版形式發表在伊麗莎白・皮博迪（Elizabeth Peabody）的《美學論文》中。後來更名為《公民不服從》，成為他最著名和最有影響力的文章。

梭羅在《公民不服從》中的論點，有時被解讀為是自由主義，就像愛默生的《自力更生》（一八四一年）一樣。從這個角度來看，它即使不是無政府主義，也被認為是對粗獷個人主義的捍衛。但這樣的解釋，卻忽略了作品的核心——超驗主義。梭羅和愛默生都要求，在遇到重大問題時，應小心地以道德直覺或良知做為指導。其目的不是讓國家為所欲為，而是讓國家以及個人能夠按照人類和神聖的良知行事。

梭羅於一八四九年出版了第一本書《康科德河和梅里馬克河一週》，他試圖在這部作品中，將對自然的觀察以及對人類存在的評論結合起來，但這本書並未做到完整性的融合，其中超驗主義的評論仍然獨立於敘事描述之外，所以市場上是失敗的。

在《康科德河和梅里馬克河一週》受到冷待後，梭羅前往緬因州、科德角、新罕布什爾州和加拿大等地旅遊，而他的旅行為未來的寫作項目提供了不少素材。此間，他繼續修訂《湖濱散記》，直到於一八五四年出版，這是梭羅生前出版的第二本書，也是最後一本。

《湖濱散記》毫無疑問是梭羅最主要的著作。他將在小屋裡度過的兩年時光濃縮為一年，並從夏天開始，帶領讀者經歷湖畔的季節。本書的中心主題是自我修養，而且梭羅在心中有一個特定的受眾──「對自己的命運或時代的艱難感到不滿、無所事事地抱怨的人們」。他的目的不是讓其他人效仿他搬到瓦爾登湖的做法，而是讓人們考慮為自己改善處境、克服「平淡絕望生活」的可能性。從這個意義上來說，這本書就像一本斯多葛派的人生專著，只是其中充滿了諷刺與幽默。

為了讓讀者自己覺醒，梭羅在《湖濱散記》中首先提出了生命經濟的議題。他嘗試「刻意」地生活，關注他所擁有的東西，以及他如何度過自己的時間。

前兩章的大部分內容都表現出明確的反唯物主義。但是，梭羅並不教條地支持經濟極簡主義，他指出，貧困實驗只是為了找出生活中什麼是重要的──換句話說，它是檢驗一個人生活的一種方式。簡化生活可以使人們可以將更好地感知周圍的世界，看到是什麼限制了自己的生活，最重要的是，可以更自由地探索內在自我，以獲得神聖的洞察力。

梭羅在《湖濱散記》尋找著「覺醒」，更在他的許多著作中以各種方式實現了覺醒。而自然，在他多數的著作中發揮著核心作用。一方面，它是人類存在的鏡子和隱喻，反映著一個人的生活方式，並提供了一個人該如何生活的範例。

梭羅在生命最後三分之一的大部分時間裡，是透過幫助家族生意和擔任測量員來謀生。他的測量工作為他繼續研究自然提供了充足機會，但這些年卻因結核病反復發作而使得健康受到損害，這種疾病在當時和梭羅的家庭中都很常見。一八六一年，梭羅遭受了一場艱難的疾病鬥爭，有人建議他透過旅行來治療。於是他乘船和火車向西到達明尼蘇達州。然而，他回到家時，病得和離開時一樣。

一八六二年初，梭羅似乎知道自己快要死了，但他繼續從事科學研究，在妹妹蘇菲亞的幫助下，他還準備了幾篇文章發表在《大西洋月刊》上。它們是他最好的著作之一，而且因為它們是在一八五〇年代作為演講發表的，所以它們成為了他的超驗主義的成熟版本。其中包括《沒有原則的生活》、《梭羅散步》和《野蘋果》，所有這些作品都是在梭羅死後才出版的。

在每一個故事中，自我都被視為轉型中的代理人，尋求自我培養和學習成長的方法。正如他在《梭羅散步》中所說，沒有固定的模式，只有一個不斷探索的「行者」。這種探索本身的動機是希望發現「更高的法則」，並學習如何透過它們生活，找到實踐智慧。在《沒有原則的生活》中，梭羅思考了淘金熱，並評論道：「一粒金子可以為偉大的表面鍍上一層金，但不足以為一粒智慧鍍上一層金色。」

這些晚期文章中，《湖濱散記》的主題回歸了，只是是以一個面對死亡的人的力量和詩意的洞察力來表達。梭羅再次關注人們如何在日常「事務」中走向睡眠和生死存亡——走向平靜的絕望生活時，如何保持清醒和活力。

在每篇文章中，自然都存在於背景中，作為人類行為的衡量標準。梭羅的超驗唯心主義始終存在，儘管很少被提及。

世界是一個充滿真理和道德力量的世界，而個人的任務是喚醒這一真理，並將其應用於人們的生活。這種有原則的生活，可以在約翰・布朗（John Brown，美國廢奴主義者）的道德能量中、在拉爾夫・愛默生的詩意洞察力中，或者在一種簡單但不被注意的生活中找到。對於梭羅來說，這些都可能是他意義上的哲學生活。哲學對於他來說，不是一個隱居的理解和學術項目，他的反物質主義、對自然野性的關注、對過渡轉化的強調，以及每一天與每個季節的新奇，都有助於讓人們回歸自我，並找到真誠的生活方法。正如他在《沒有原則的生活》中所說的，「沒有什麼智慧不應用於生活。」

梭羅去世前幾天，就證明了他是如何認真地對待自己的哲學之旅。一位老朋友知道梭羅已瀕臨死亡，問他是否知道即將發生什麼。梭羅的回答是：「一次一個世界。」

最後，他於一八六二年五月六日去世。

梭羅是一位哲學煽動者。他對源自超驗主義運動及其各種德國和英國影響的哲學體系有深刻的感受，但他既不是分析哲學家，也不是唯心主義體系的構建者。但是，在看到了超驗主義運動的實際重要性時，他提出了自己的主張。

他是美國實用主義在社會、政治和詩學方面的先驅，他的作品確實在二十世紀變得實際有用。《公民不服從》對甘地和馬丁・路德・金恩的影響是最引人注目的例子，但他們並不是唯一的例子。選擇性閱讀《湖濱散記》的各種自然論文，都指出了梭羅思想的一個維度，它有助於支持環保主義；對於梭羅來說，荒野的重要性既是隱喻的，也是實際的。此外，在他對於過度依賴技術和財富來治療人類狀況的回應中，人們看到了馬丁・海德格（Martin Heidegger，德國哲學家）和其他存在主義者思想的暗示。

梭羅在美國哲學中的地位，直到二十世紀才得到認真的看待。然而，他的影響力似乎繼續不斷地擴大中。